La pyramide

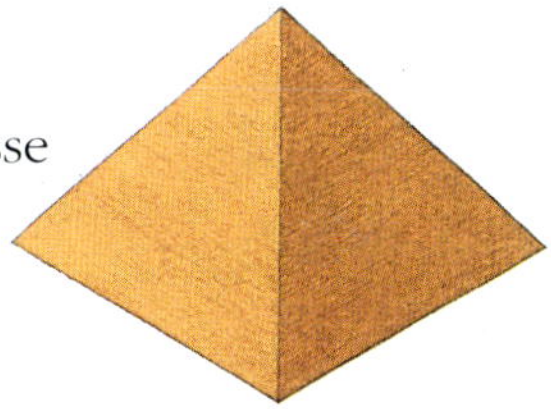

Illustré par Philippe Biard
Réalisé par Gallimard Jeunesse
Claude Delafosse
et Philippe Biard

GALLIMARD MES PREMIÈRES DÉCOUVERTES DE L'HISTOIRE

Le pharaon, roi des Egyptiens, demande
à son architecte de construire une pyramide
qui sera son tombeau.

Le grand prêtre et les savants
observent les étoiles
pour orienter la pyramide.

Des milliers de pierres sont taillées dans les carrières.

Le traîneau est tiré
jusqu'au bateau sur
la piste rendue glissante
avec de l'eau.

Les pierres sont déchargées sur le chantier où travaillent des milliers d'hommes.

Le sphinx a été directement taillé dans le rocher.

Les pierres sont tirées sur des rampes en briques.

Les briques, sont faites d'un mélange de paille et de limon, placé dans un moule.

Les pierres sont taillées pour que les faces de la pyramide soient lisses.

Les rampes de briques sont enlevées.

La pyramide est terminée.
Sa construction a duré
plus de vingt ans.

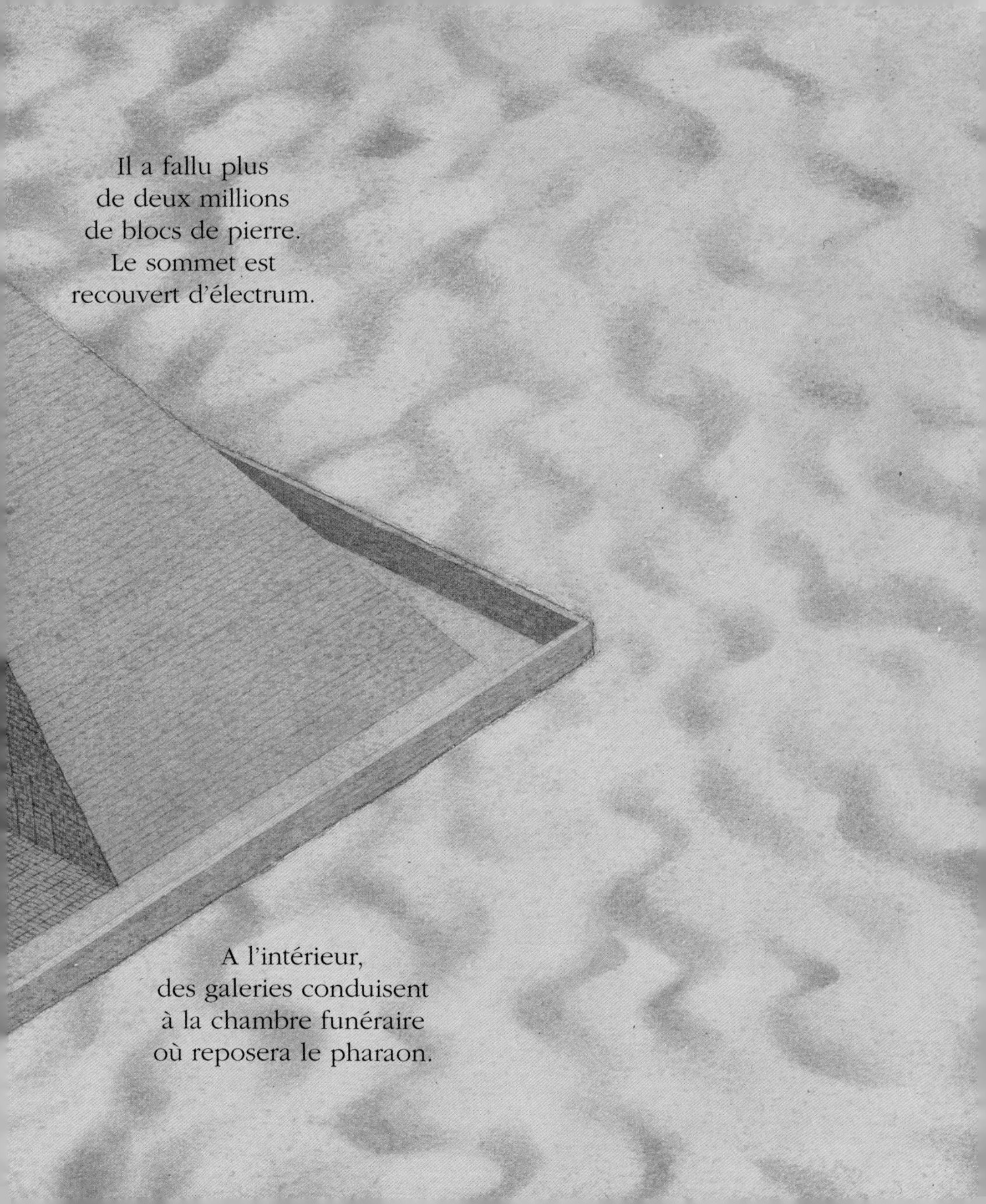

Il a fallu plus
de deux millions
de blocs de pierre.
Le sommet est
recouvert d'électrum.

A l'intérieur,
des galeries conduisent
à la chambre funéraire
où reposera le pharaon.

Le corps du pharaon
est momifié.

Il est d'abord vidé et les viscères
sont recueillis dans des vases.
Puis il est enveloppé
dans des bandelettes.

La momie est placée
dans un sarcophage.

Les prêtres,
la famille
et les serviteurs
déposent le sarcophage
dans le tombeau.

La pyramide
est refermée.
Le sphinx est
son gardien…

L'âme du pharaon
s'envole pour
rejoindre
les dieux.

… et la pyramide
traverse les siècles.

Pendant des millénaires,
toutes les pyramides ont été pillées.

Mais dans la vallée des Rois en 1922,
un archéologue fit une grande découverte…

… le fabuleux trésor de Toutankhamon,
caché dans une tombe creusée
au cœur de la falaise.

Les pyramides d'Egypte…

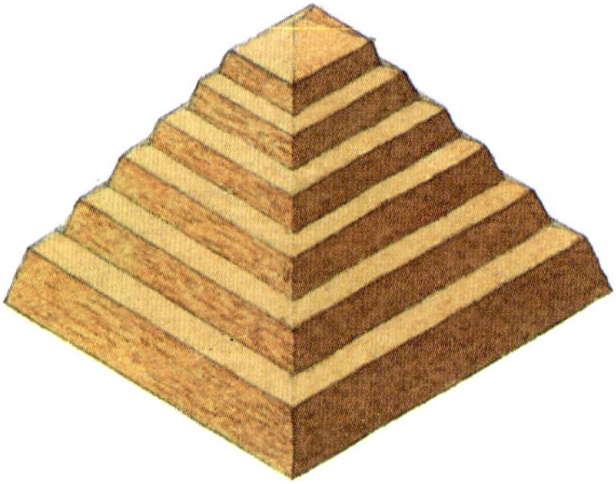

La plus ancienne,
à Saqqarah

La pyramide en ruine,
à Meïdoum

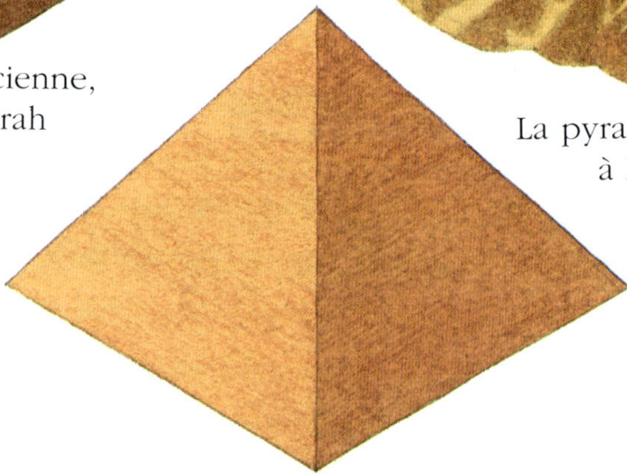

La grande pyramide
de Gizeh

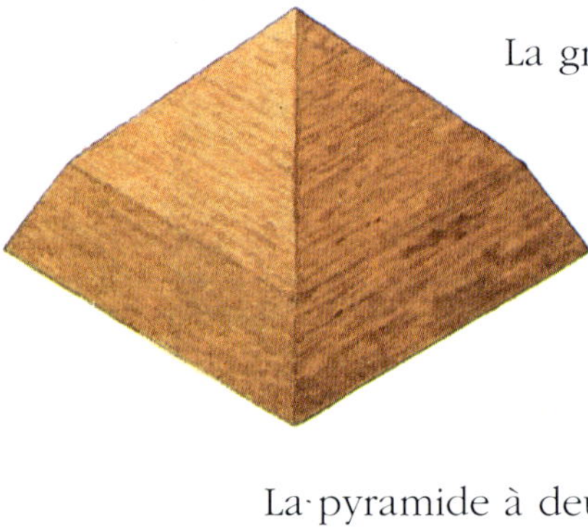

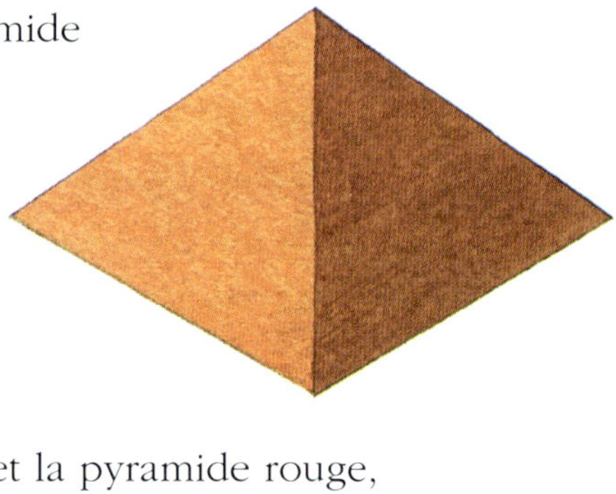

La pyramide à deux pentes et la pyramide rouge,
à Dashour

… et du monde entier.

La pyramide du soleil,
Teotihuacan,
au Mexique

Ces trois pyramides
étaient des temples
et non des tombeaux.

Tikal,
au Guatemala

Angkor,
au Cambodge

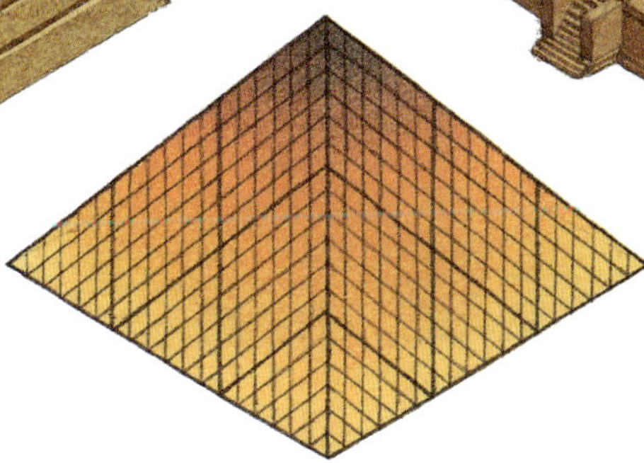

La pyramide en verre du Louvre, à Paris, est la plus récente.

Connais-tu la hauteur
de ces monuments?

Big Ben,
97 m

Le Taj Mahal,
74 m

La Sagrada
Familia,
110 m

La statue
de la Liberté,
93 m

Saint-Pierre de Rome,
132 m

Le Sphinx, 21 m | Pyramide de Khéphren, 136 m | La cathédrale d'Ulm, 161 m | La tour Eiffel, 319 m | L'Empire State Building, 448 m

Voici les sept merveilles du monde de l'Antiquité.

Le temple d'Artémis à Ephèse

Les pyramides de Gizeh

Les jardins suspendus de Babylone

Le tombeau de Mausole

Le colosse de Rhodes

La statue de Zeus
à Olympie

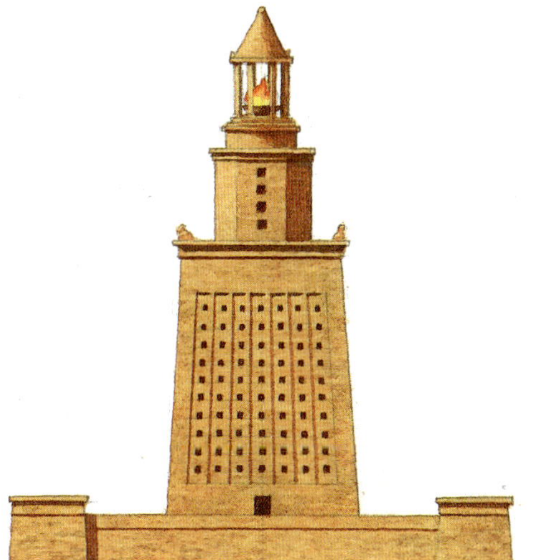
Le phare d'Alexandrie

Mes premières découvertes

1 La coccinelle
2 Le temps
3 La pomme
4 La carotte
5 L'œuf
6 L'arbre
7 Le chat
8 La couleur
9 La main et le pied
10 Sous la terre
11 La terre et le ciel
12 L'automobile
13 Le chien
14 Les petits malheurs
15 L'oiseau
16 Le bord de mer
17 Le château fort
18 L'eau
19 La fleur
20 L'ours
21 L'odorat
22 L'avion
23 La tortue
24 L'éléphant
25 La souris
26 La baleine
27 Le cheval
28 La maison
29 Le toucher
30 Le dinosaure
31 Le bateau
32 Le bébé
33 La ferme
34 L'heure
35 L'ouïe
36 La rivière
37 L'image
38 La jungle
39 Plus ou Moins
40 Le singe
41 L'abeille
42 La musique
43 La lumière
44 Le cirque
45 L'aigle
46 Le vêtement
47 Le castor
48 La ville
49 La vue
50 La boîte à outils
51 Le palmier
52 Compter
53 Le sport
54 Le goût
55 La pyramide
56 La chouette
57 Les portraits
58 Les paysages
59 Le bestiaire
60 Les tableaux
61 Les dessins fous
62 Les voitures
63 Les monstres
64 Les animaux
65 Les poissons
66 Les têtes
67 Atlas des pays
68 Atlas des plantes
69 Atlas des animaux
70 Atlas des peuples
71 La nature
72 Les maisons
73 La symétrie
74 Les grimaces
75 La mode
76 Cochons & cie
77 La grenouille
78 Le poisson
79 Le loup
80 Les formes
81 Les Indiens
82 Le corps
83 Le train
84 Le pingouin
85 Le Louvre
86 La cathédrale
87 Le chantier
88 Le téléphone
89 Le papillon
90 Atlas du ciel
91 Atlas de la terre
92 Atlas des civilisations
93 Atlas des animaux en danger
94 La sculpture
95 Vincent van Gogh
96 Les vents
97 Les percussions
98 Le plus fort
99 Le tour du monde
100 Noël
101 Le champignon
102 La vache
103 Le magasin
104 La préhistoire
105 La vie du corps
106 Robo Lapin
107 Framboises
108 Henri Matisse
109 Pablo Picasso
110 Les cordes
111 Les claviers
112 Le pain
113 Les bestioles
114 Atlas de France
115 Chapeau magique
116 Sorcière et Chat
117 Petit ogre vert
118 Robo Lapin et les pirates
119 Les pompiers
120 Atlas des îles
121 Fernand Léger
122 Le canard
123 Le loup miaou
124 Méchant loup
125 La planète grise
126 Le vélo de Noémi
127 Les voix
128 L'électroacoustiqu

J'observe :

129 La vie sous la ville
130 Les animaux sous la terre
131 Les animaux dans la nuit
132 Les maisons des insectes
133 Les poissons
134 Les dinosaures
135 Avant la naissance
136 Naître
137 L'impressionnisme
138 Les crèches
139 Le football
140 Oscar peint
141 Le nain de jardin
142 Pingouins pas sag

Responsable éditoriale : Anne de Bouchony

ISBN : 2-07-058355-4

1er dépôt légal : février 1994
Dépôt légal : mars 1998
Numéro d'édition : 84812
Imprimé en Italie par Editoriale Libraria
Loi n° 49-956 du 16 juillet 1949 sur les publications destinées à la jeunesse

NOUVEAU

La collection
MES PREMIÈRES DÉCOUVERTES

Pour faire connaissance avec le monde

N° 135 ☐

N° 136 ☐

Dans les airs, sur la terre et dans la mer, des milliers d'espèces vivantes ont en commun un but : survivre. Découvre le début de cette histoire dans les deux premiers titres de cette nouvelle série :
Avant la naissance et **Naître**.

Titres à paraître dans la série :
Grandir • Apprendre • Vivre ensemble • Etre grand

MES PREMIÈRES DÉCOUVERTES DU DESSIN

Pour apprendre à dessiner en s'amusant. Ces livres conçus par Claude Delafosse contiennent un papier magique sur lequel on peut dessiner avec un pinceau trempé dans l'eau.

N° 61 ☐

N° 62 ☐

N° 63 ☐

N° 64 ☐

N° 65 ☐

N° 66 ☐

N° 71 ☐

N° 72 ☐

N° 73 ☐

N° 74 ☐

N° 75 ☐

N° 76 ☐

Une feuille de papier magique se déplie au début et à la fin du livre. Il suffit d'en glisser une sous la page choisie. Ensuite on mouille le pinceau ou le doigt…

… et on dessine !

Quand le dessin est sec, il disparaît. On peut recommencer des milliers de fois !